Hans Neubauer

MÄNNER AUS MOABIT

66 Szenen

edition.fotoTAPETA

In memoriam
Bernd Höhn † 2017

„Ist doch wahr,
wir sind doch hier nicht in Mitte!"

Sie mögen eine aussterbende Spezies sein, aber noch gibt es sie: Männer. Einige der letzten leben auf einer kaum beachteten Insel mitten im alten West-Berlin, eingekeilt zwischen dem breitschultrigen Wedding, dem Jogger-Paradies Tiergarten und der neuen, aufgeräumten Mitte. Moabit ist von Wasser umgeben, und auch einige der Männer aus Moabit lieben es flüssig; sie trinken gerne, sie trinken regelmäßig, manche viel, und das immer wieder unter ihresgleichen, dort, wo sie leben. Als letzte Vertreter einer bedrohten Art schauen sie zu, wie sich um sie herum das Klima wandelt; die Mieten steigen, die Welt wird immer digitaler, und schon heute erscheint vieles komplizierter, als es gestern noch war.

In all dem suchen die Männer aus Moabit ihren Weg, auch mit wenig Geld. Sie schaffen das mit Minijobs und Mutterwitz, als Selbständiger, Rentner oder Habilitierter, mit Stütze oder Schwarzarbeit, als Angestellter, Student oder Weltweiser, mit Doktortitel oder Meisterbrief; mancher hofft auf den Toto-Jackpot. Wie alle Berliner stammen sie aus Reinickendorf, Schönefeld und der Türkei, aus der Karibik, vom Rhein, aus Algerien, Italien oder aus dem alten Berlin 21, wie Moabit hieß, damals, als sie noch zur Schule gingen, durch den Arminiuskiez zogen oder am Stephanplatz rumhingen.

Vieles verschwindet, doch mit der Not und dem Alter wächst, was zusammenhält: Solidarität, Großmut, Wärme. Das gelingt nicht von selbst, und es gelingt nicht alleine. Zuhause im Wohnzimmer, in Kneipen, auf Parkbänken und immer wieder im *Vinyl Berlin*, Jos Plattenladen in der Oldenburger Straße, treffen sie sich, die Männer aus Moabit; sie reden, trinken, lachen, befragen und erklären die Welt, bestaunen die Zeit, die vergeht. Wenn sie zusammensitzen, sind sie in bester Gesellschaft: Gerne schauen Miles Davis, The Smiths, Charles Aznavour oder Element of Crime vorbei, ab und an gibt Fritz Wunderlich ein Ständchen, und immer wieder bringen Tina Turner, Nina Simone, Peaches oder Katja Ebstein Schwung in den Laden.

Männer aus Moabit zeigt ein Leben in der Großstadt, das es so bald nicht mehr geben wird. Das ist kein Abgesang und auch kein melancholisches Denkmal, sondern das Porträt einer Zeit, von der wir einmal sagen werden, dass es unsere war.

GOTT

Die Männer sitzen und trinken; B. trinkt und lötet. Sonst, sagt er, sei er fürs Unsichtbare zuständig, Programme und so. Heute fürs Kleine. Er greift zur Lupe. „Es gibt keinen Gottesbeweis." Der Lötkolben dampft. „Auch keinen Gegenbeweis, man nähert sich dem Grenzwert nur asymptotisch. Oder?" Seitenblick, kurzes Lachen, ein Schluck Bier. „Lies mal das Srimad Bhagavatam, zwölf Bände. Da habe ich Sanskrit gelernt." Er lötet Draht an einen kaum sichtbaren Stecker. „Für die Inder ist alles in der Vormaterie angelegt. Big-Bang-Theoretiker mögen das." Er schiebt den Stecker in die Buchse. Fertig, das Gerät läuft wieder. „Ich will halt wissen, was die Welt zusammenhält, im Großen wie im Kleinen. Und in Moabit sowieso."

SCHUHGRÖSSE

R. steht auf: „Jungs, ich muss früh raus morgen, hab doch 'ne neue Stelle vom Arbeitsamt." Um Punkt sieben Uhr erwartet ihn das Gartenbauamt. Heute Nachmittag war er erst mal einkaufen: „Neue Klamotten. Und Arbeitsstiefel, mein viertes Paar!" „Welche Größe?" H. sieht gierig aus. „Na, 43." „So klein?", ruft D., „ich hab 46!" „Ja", behauptet H., „46 ist natürlich viel besser." R. sieht es praktisch: „Stimmt. Zum Waldbrandaustreten!" „Nee, ist ein Zeichen von Intelligenz. Je größer die Füße, desto klarer der Geist." „Wem soll das helfen?", fragt D., „und wobei?" „Es hilft denen mit den kleinen Füßen." H. sieht aus, als sei ihm nicht ganz klar, was er da von sich gibt: „Die anderen, die Schlauen, glauben es nämlich nicht." „Ich schon." D. streckt die Beine aus. „Ich werd' mal nachmessen, meine Füße sind bestimmt viel kleiner, als ich dachte."

NETT

„Es gibt keine echten Männer mehr!" B. nimmt einen Schluck. „Bloß Weicheier!" Die anderen prosten ihm zu: „Jenaustens!" „Wir sind alle Schluffis", behauptet B., „aber gestern war einer drüben in der Kneipe, der war echt. Der sitzt da mit seiner Frau. Sagt die: ‚So, jetzt trinken wir noch einen.' Da sagt der: ‚Nein!'" B. schaut in die Runde. „Ja und?", fragt einer schließlich. „Stell dir vor, die will noch was trinken, und er sagt nein. Einfach nein. Das nenne ich einen Mann." Die anderen gucken ihn an. „Gut", meint B., „wir sind nicht alle Schluffis. T. zum Beispiel ist ein echter Mann. Obwohl …" B. zögert: „Der hat auch seine dunkle Seite." „Welche denn?", fragt einer. „Na, der ist einfach zu nett zu seiner Frau."

GRANIT

„Nächsten Monat kriege ich meinen Grabstein." J. klopft den Rhythmus von *Mensch* mit, Grönemeyer: „Für Oma und Opa, für meine Frau und für mich." „Wie sieht der denn aus?" fragt H. „Na. Schwarzer Granit, Goldschrift mit Serifen, linear Antiqua natürlich. Nicht kursiv. Schöner Grabstein. Alles wird gut." An J.s Goldkette glänzt ein Goldjesus mit Goldbart und goldener Langhaarfrisur. Dass nichts wirklich wichtig sei, kommt aus den Lautsprechern, und dass auf die Ebbe die Flut folge. Jesus, J. und H. hören, es sei okay, alles auf dem Weg, und es sei Sonnenzeit, unbeschwert und frei. Nach einer Weile will H. noch was wissen: „Poliert?" „Was?" „Der Granit. Ist der poliert?" „Was denkst du denn?" „Ich dachte, so in Natur." J. schenkt ihm einen seiner hellblauen Blicke. „In Natur? Nee, poliert natürlich. Was denn sonst?"

TRAUM

Es ist Nacht. T. erzählt, X. trinkt Bier, L. schnarcht leise vor sich hin. Plötzlich reißt er die Augen auf: „Ich hab geschnarcht!" „Hast du nicht", lügt X. „Hat er doch", sagt T., „mit anderen Worten: Hast du doch!" L. richtet sich auf, schaut vom einen zum anderen. „Wer schnarcht, schläft", meint X. lässig, „wer schläft, weiß nicht, dass er schnarcht. Du kannst also gar nicht geschnarcht haben." „Klingt logisch." L. kratzt sich am Ohr. „Ist aber falsch. Ich hab mein Schnarchen genau gehört. Ich war also gar nicht weg, sondern da. Also hier." Er zeigt auf seine Stirn. „Vielleicht bist du ja noch dort", überlegt T., „und träumst nur, dass du wach bist." „So wird es sein." L. lehnt sich zurück. „Gleich träume ich, dass ich schnarche."

BAUCH

„Ich bin so zufrieden!" B. streicht über seinen roten Pulli und streckt die Beine aus. „Klingt sehr spontan", findet G. Er holt zwei frische Flaschen Bier aus dem Kühlschrank. B. reibt sich den Arm: „Mehr oder weniger. Wenn man's genau nimmt, wohl eher weniger." „Spontan oder nicht spontan", ruft G., „das ist hier die Frage!" B. richtet sich ein wenig auf und hebt die Hand: „Eher: spontan und nicht spontan! Ich tue spontan kund, dass es mir nicht nur spontan gut geht." Das leuchtet G. ein: „Man kann ja auch mal ganz spontan sagen, dass es spontan etwas länger dauert." „Genau, das sagen immer die, die hinterher am ersten dran waren." Glücklich betrachtet B. seinen Bauch: „Ich bin jedenfalls immer noch zufrieden."

GOETHE

Man raucht, trinkt, plaudert. Lange nicht gesehen. B. umarmt L.: „Von Zeit zu Zeit seh' ich den Alten gern." L. macht große Augen. „Goethe", erklärt B., „*Faust*. Prolog im Himmel." „Ach so. Goethe." L. kennt sich kaum aus. „Den hab ich leider nie gelesen, ist bestimmt schwer." L. stammt aus dem Ausland, sein Deutsch ist perfekt, aber der *Faust* fehlt ihm noch. „Also wie war das?" „Von Zeit zu Zeit seh' ich den Alten gern", zitiert B., „und hüte mich, mit ihm zu brechen." „Mit wem? Mit mir?" „Klar, aber Goethe meint Gott." „Puh, ich dachte schon, er hätte mich gemeint!" L. lacht. „Hat er vielleicht auch", entgegnet B., „Gott ist schließlich in allem." „Gott schon", sagt L., „aber ich nicht."

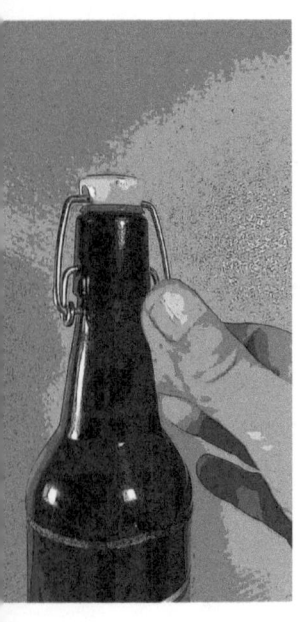

JUDE

T. ist groß, T. ist stark. Damit und mit seiner Harley und mit ein paar anderen Sachen verdiente er früher sein Geld. Irgendwann kam er von Moabit nach Moabit, in das Untersuchungsgefängnis. „Achtzehn Monate Beugehaft." Gesagt hat er nichts, auch später nicht. Inzwischen ist alles friedlich, nächstes Jahr wird Silberne Hochzeit gefeiert, aber gestern standen plötzlich fünf Araber vor T., auch groß und stark. „Die mochten mich nicht", erzählt er, „die kannten mich von früher. Die hatten Messer." H. trinkt einen Schluck Bier: „Was hast du gemacht? Abgehauen?" „Abhauen? Icke?" T. guckt ihm in die Augen. „Ick stell mich vor die hin und sage: ‚Ick bin Jude. So!'" J. guckt von seinem Buch auf: „120 Kilo Kampfgewicht!" „Fast", sagt T., „128 Kilo Jude, und, was soll ick sagen, ick hab's überlebt." „Wie geht's den Arabern? Leben die auch noch?", will H. wissen. „Interessiert doch keinen. Die hatten jedenfalls genug." „Genug vom Leben?" „Sagen wir mal: genug von mir." „Und?" „Was, und?" „Bist du wirklich Jude?" „Bist du Araber?" „Nein." „Warum willste das dann wissen?"

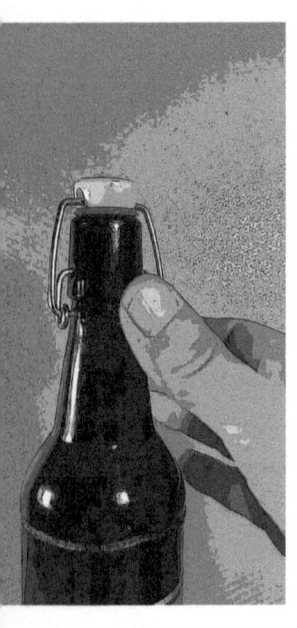

STERBEN

Nachmittag; man trinkt, R. sagt nichts. „Was ist", fragt einer, „zu viel gearbeitet?" Die anderen lachen. „Nö, das nicht." R. nimmt sich die dritte Flasche. „War so ein Job." Er lässt den Korken ploppen. „Wir waren zu zweit, sollten einen Hinterhofgarten entmüllen. Aber die Alte mit dem Schlüssel machte nicht auf. Irgendwann lässt uns ein Nachbar rein. Stehen wir da vor ihrer Tür, alles still drinnen. Kommt uns komisch vor; dem Nachbarn auch. Wir holen den Schlüsseldienst und gehen rein." Die Flasche ist fast leer. „Sitzt die da auf dem Klo und ist tot." Die anderen schweigen. „Ein echtes Moabiter Ende", meint einer schließlich. „War in Charlottenburg", sagt R., „aber hätte genauso hier sein können. In Moabit sterben sie auch nicht anders."

FDP

K. sitzt da und lauscht der Musik, J. liest, B. schimpft in sein Telefon: „Mir reicht's! Ich hab Hartz Vier, wie soll ich davon leben? Natürlich arbeite ich schwarz, was sonst? Ihr Idioten steckt ja unser Geld den Banken hinten rein. Ihr könnt mich mal!" Er legt auf. „Wer war denn das?", erkundigt sich J. „Das war die CDU!" B. lacht: „Fantastisch! Wenn du schlecht drauf bist, rufst du einfach bei den Parteien an, die stellen dich durch zu so einem Hansel, und den kannst du dann beschimpfen. Der hört sich das alles an. Super!" „Geht's dir jetzt besser?" „Noch nicht so richtig." B. greift wieder zum Telefon: „Ich bin irgendwie depressiv heute." Er wählt und wartet. „Hallo? Ist da die FDP?"

KAMPF

Die anderen trinken Bier, M. trinkt Wein. Er ist Hesse. Und Boxer. Früher, in den 70ern, trainierte er die Frankfurter Linken. „Die hatten's drauf, die haben Nahkampf geübt, Bullenkampf." Er erzählt von den runden Polizeischilden: „Das war ganz leicht, anpacken und dran drehen. Zack!" Er widmet sich weiter seinem Wein. Die seien hart gewesen, die Linken. „Die sind in die Betriebe gegangen, die wollten echt die Revolution." Partisanen-Boxen: Beinarbeit, Schlagfolgen, Marx. „War Joschka auch dabei?", will R. wissen. „Ja, manchmal kam der auch. War richtig gut im Ring, ein unangenehmer Gegner. Hart." Er nickt anerkennend. „Wer mit dem Ärger hatte, musste sich auf was gefasst machen." Die anderen nicken auch und denken an früher. „Hart war ich auch mal", seufzt R., „aber da war ich noch nicht hier."

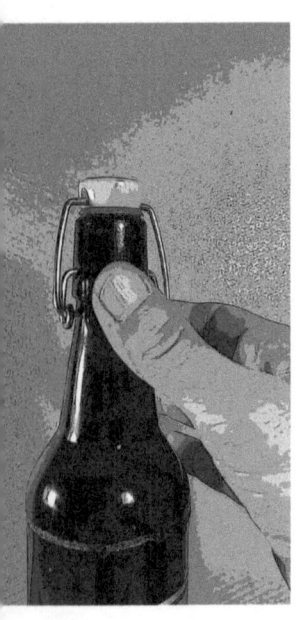

GROSSVATER

Der Mann ist deutlich über 70, langhaarig, dünn, tätowiert. Auf dem Stromkasten hat er eine Flasche Billigbier abgestellt, daneben liegt sein T-Shirt. Er reckt den nackten Oberkörper in den Mittag, streckt die Arme aus und ruft: „Großvater! Ich bin Großvater!" V. bleibt stehen. „Großvater? Das ist das Beste, die Bestimmung des Menschen." „Du bist in Ordnung", beteuert der Alte, „du verstehst mich!" „Herzlichen Glückwunsch jedenfalls." Der Mann strahlt: „Weißt du was?" Er geht einen Schritt auf V. zu und guckt ihm tief in die Augen. „Ich bin Großvater", flüstert er, „stell dir vor: Ich. Bin. Großvater."

DÜRFEN

Vor einer Minute hat H. den Wagen in der Einfahrt geparkt; jetzt räumt er Bücherkisten aus dem Kofferraum, um sie in seine Wohnung zu bringen. Ein Unbekannter mit teurem Rad und Hipstermütze stellt sich ihm in den Weg: „Hallo, Sie!" „Was gibt's denn?" X. hat schwer zu tragen. „Sie können hier nicht parken." „Naja, ich kann schon." „Das ist verboten!" „Ist nur für fünf Minuten." „Scheiß Autofahrer!" „Sie können doch ganz einfach hier vorbei." „Fahren Sie sofort den Wagen weg, sonst gibt's Ärger!" X. setzt fünfzehn Kilo Papier ab und lacht: „Ärger? Deswegen?" Der Unbekannte stellt sich in Kampfposition. „Sind Sie aus Moabit?" fragt X. „Ja. Wieso?" „Seit wann denn?" „Seit vier Jahren." „Ach so." X. hält ihm die Hand hin: „Hier regeln wir sowas friedlich." Doch der Unbekannte ballt weiter die Fäuste; an seinem Hals pulsiert eine Ader. X. staunt: „Echt jetzt? Sie geben mir nicht die Hand?" „Muss ich ja auch nicht. Oder?" „Müssen muss keiner." X. nimmt den Karton auf und schiebt den Zornigen aus dem Weg. „Die Frage war, ob Sie dürfen."

HÄRTE

Wieder sitzen sie beisammen, die Männer. T. erzählt von früher. Da war er Rocker. Heute hat er einen Garten, und sein Sohn hat Abitur. „Rocker haben auch ein Privatleben. Die kochen, essen, schlafen. Denkt ja keiner dran, die Leute kriegen nur das Abfallprodukt der Rockergemeinschaft mit." „Was soll denn das sein?", fragt einer. T. schaut in die Runde. „Na, die Härte eben, die fällt nach außen ab. Aber privat kann es auch hart sein. In meiner aktiven Zeit hatte ich zwei Knarren auf dem Hochboden zu liegen. Völlig diskret. Zufällig findet meine Frau die eine und fasst nach. Da fällt ihr die andere auf den Kopf, die große, die Governor. Fast ein Kilo Metall knallt voll auf den Kopf meiner Liebsten. Das fand die gar nicht gut. Und das wurde dann hart." „Für wen?", fragt einer. „Was denkst du? Für mich natürlich. Richtig hart."

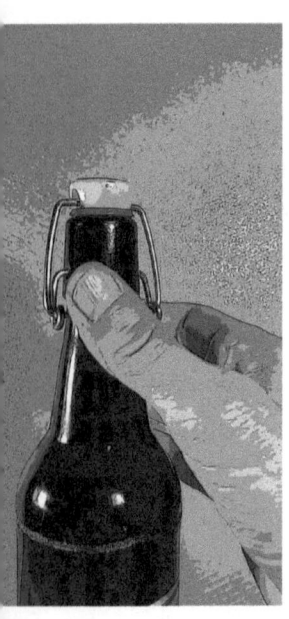

KATHOLISCH

B. greift sich sein drittes Bier aus dem Kühlschrank. „Apropos: Warum sind katholische Pfarrer so dick und evangelische so dünn?" M. schaut ihn erwartungsvoll an. Schließlich ist er, rein optisch, eher katholisch als evangelisch veranlagt. B. nimmt einen Schluck: „Also: Der evangelische kommt nach Hause, guckt in den Kühlschrank, sieht, der ist leer. Und geht ins Bett." „Und?", fragt M., „was ist mit dem Katholen?" „Na, umgekehrt natürlich!" B. gibt seinem Bier den Rest. „Der Katholik guckt ins Bett, sieht, das ist leer. Und geht zum Kühlschrank." „Lustig", meint M. trocken, „ich war ja mal drüben in dem Kloster. Dominikaner. Hatte mich schon gewundert, warum die alle so dünn sind. Jetzt weiß ich es endlich."

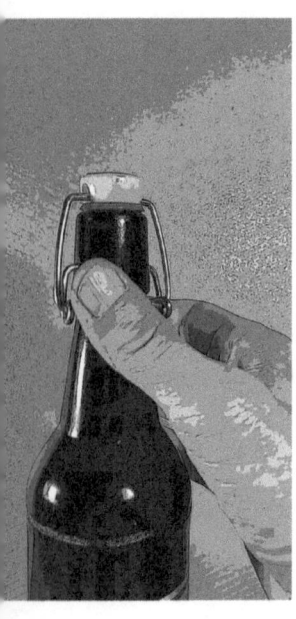

KAMEL

Großer Auftritt. B. erscheint im hellbraunen Mantel, mit Bogen, aber ohne Pfeile. „Ich bin jetzt Selbstversorger, im Tiergarten", sagt er, „Kaninchen und so." Er zeigt die Waffe vor, ein kunstvoll gearbeitetes, anderthalb Meter langes Objekt. X. versucht, die Sehne zu spannen. Das klappt nicht. Er wechselt das Thema: „Schicker Mantel, der goldene Schnitt." „Mein Jagdrock", verkündet B., „echt Kamelhaar." „Wer als Jäger satt wird, beweist, dass er funktioniert." X. sieht sehr hungrig aus. „In Moabit funktioniere ich prima, nur draußen nicht. Was will ich denn da draußen?", fragt B. und nimmt den Bogen wieder an sich. „Ich bin seit dreißig Jahren in Moabit. Hier funktioniere ich." Er trinkt einen Schluck Bier, parkt die Flasche neben den anderen auf dem Tisch: „Ist übrigens kein Kamelhaar. Bloß Kaninchen."

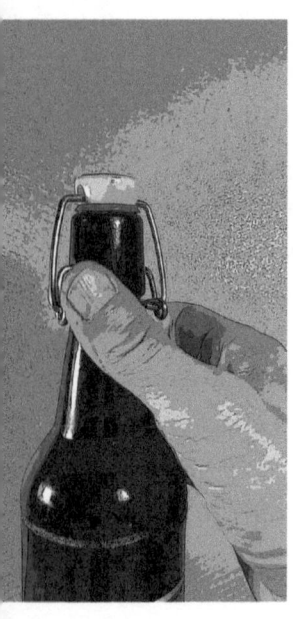

FETT

„Mein Opa", erzählt R., „hatte 'ne Palme mit 'nem Affen auf der Brust. Oma war auch tätowiert." R. ist über 60, groß, kräftig, Ringer. Wenn er als Frau geht, heißt er S. und ist zwanzig Jahre jünger. Eigentlich will er über Damenschuhe Größe 43 reden, aber die Tattoos gehen vor. „Oma und Opa ließen sich die in den Zwanzigern stechen, mit 19, zur Hochzeit. Sie kamen aus primitiven Verhältnissen, aber sie waren doch was Besonderes. Wie ich." Er zieht den Ausschnitt seines T-Shirts lang. Ein schwarzer BH ist zu sehen: „Ist bloß Fett drin", verrät R. „Also: Opa mit der Palme hatte 'ne bayrische Blaskapelle. In Breslau! Stellt euch das mal vor." Er nimmt einen Schluck Bier: „Vielleicht waren die ja in, die Tattoos. Müsste man mal buddeln oder googeln."

WEITER

Costa ist uralt, fast 19; erschöpft ruht der Hund auf seiner Decke. F. sitzt vor der Kneipe beim Kaffee. „Costa stirbt", sagt er, „Schmerzen hat er nicht. Ich bin 26 Stunden am Tag für ihn da." Eine Passantin grüßt, von gegenüber winkt ein Mann. Alle kennen F., alle kennen Costa. Ohne die beiden wäre dies nicht Moabit. Einer von F.s Freunden kommt, hockt sich zu Costa, hört zu. „Ich lass ihn nicht einschläfern, nur weil er alt ist", meint F., „ich will ja auch nicht, dass sie mir eine Spritze geben, wenn ich alt bin. Aber genau so wird's kommen." Der Freund streichelt Costa und krault ihm den Kopf. Nach einer Weile steht er auf, er muss zur Arbeit. „Gute Reise, Costa." Er reibt sich Tränen aus den Augen; dann geht er weiter.

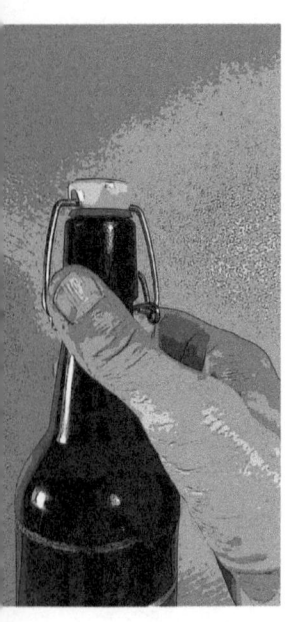

SCHNELL

Alle sind müde, auch vom Trinken. Heute sind Frauen da, E. und Y.; Frauen sind hier selten. Y. erzählt von der Siedlung, in der sie aufwuchs, von Selbstmördern, die aus dem zehnten Stock sprangen, vom verspritzten Hirn eines Toten. „Selbstmörder gibt's überall", wirft E. ein, „ist doch ganz normal!" Sie redet weiter über dies und das. Y. schweigt; dann sagt sie: „Du bist mir viel zu schnell." Die Männer hören zu. „Das ist hier keine Therapie", kontert E., „ich sage, was ich will." Y. schüttelt den Kopf; kurz darauf geht sie nach Hause. E. bleibt noch, schimpft: „Ihr seid ja eine totale Männerrunde! Wie bei den Türken. So eine Scheiße!" Dann bricht auch sie auf. Die Männer bleiben. „Recht hat sie", behauptet einer. „Finde ich nicht", meint ein anderer, „die hat es bloß nicht kapiert."

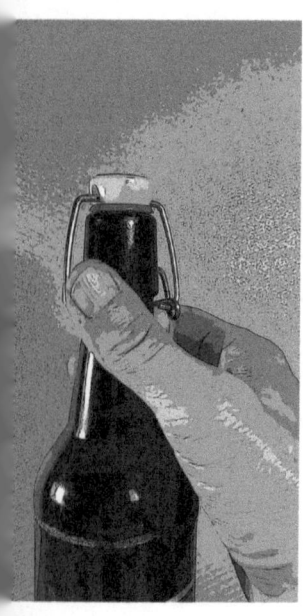

TSCHADOR

Man sitzt vor J.s Laden. Passanten passieren. B. kennt fast alle, plaudert mit diesem und jenem, scherzt mit den Kindern. Sonst geschieht nichts, dazu ist es zu heiß. Und zu laut: Die Glocken des nahen Klosters zeigen, was sie können. Eine junge Frau im schwarzen Umhang geht vorüber; ihr Körper ist vollständig verhüllt, nur das perfekt geschminkte Gesicht ist zu sehen. Ansonsten: schicke Sportschuhe, teure Handtasche. Als die Glocken Ruhe geben, sagt B.: „Die Frau eben, die kenn ich auch. Neulich im Zeitungsladen pöbelt die einer an, sie soll doch hingehen, wo sie herkommt, mit ihrer Burka und so. Da guckt die den an und sagt: ‚Quatsch keine Scheiße, Idiot. Was denkste, wo ich herkomme? Ich bin aus Moabit, Alter.'"

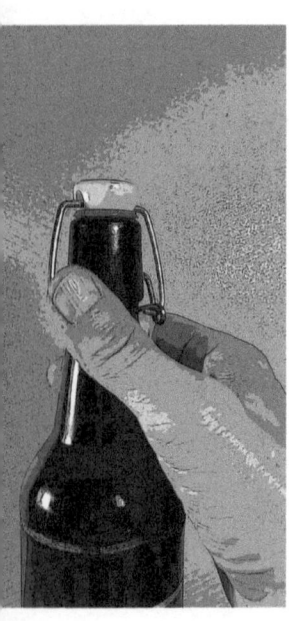

MORGEN

Rastahaare, Flasche Bier, tiefbraune Augen: Seit vier Jahren steht N. am Eingang zum U-Bahnhof, Tag für Tag, bis weit in die Nacht. Er bettelt nicht, steht nur da, wartet, bedankt sich, wenn ihm jemand einen Euro gibt. Die meisten gehen vorüber. „Was machen Sie denn morgen?" X. kramt ein Zwei-Euro-Stück aus der Tasche. „Morgen? Moment. Morgen ist Samstag. Da warte ich auf ein paar Euro, kaufe mir ein Bier. Vielleicht was zu rauchen. Und stehe wieder hier." „So wie gestern?" „So wie gestern. So wie heute." X. gibt ihm das Geld: „Aber es kann doch mal was passieren. Morgen ist doch ein anderer Tag." N. lächelt und schüttelt langsam den Kopf. „Das denken Sie. Aber da irren Sie sich." „Wieso?" „Ich weiß wovon ich rede: Morgen ist derselbe Tag."

BÄR

Die Männer sitzen und tun, was sie tun. „Apropos." B. steht auf und geht raus. Bald ist er wieder da – mit einem Aufziehtier, einem mechanischen Bären, zehn, zwölf Zentimeter lang. Der Plüschpelz ist abgegriffen, war sicher mal braun oder so. „Ist etwa 90", erklärt B., „und das Beste ist: Der tut's noch." Mit einer kleinen Zange zieht er das Tier auf und stellt es auf den Tisch. Der Bär macht ein paar Schritte, bleibt stehen, wackelt mit dem Kopf, als betrachte er die Männer aus Moabit, läuft weiter, bleibt wieder stehen. „Ein Bär wie wir", sagt J., „nachdenklich und in Würde gealtert." „Der hat zwar keine Ohren", meint B. und zieht den Mechanismus wieder auf, „aber er ist der Bär von Moabit." Andächtig schauen die Männer zu, wie der Bär wieder losläuft, stehen bleibt, zweimal mit dem Kopf wackelt und erstarrt.

KOCHEN

„Ich arbeite nicht mehr", verkündet C., „das hab ich mir vor-
genommen: Januar und Februar nicht zu arbeiten. Ist prima.
Ich habe Getränke *en masse* zu Hause und geh einfach nicht
raus. Viel Musik, viel kochen. Meine Freundin sorgt für alles
Übrige. Nur kochen, das mach' ich. Und sage: Nimm doch
noch was. Sie hat Sorge um ihre Figur, ich sage nur: Komm,
nimm noch was. Ich mäste mir meine Freundin. Und irgendwann braucht die das. Dann ist sie abhängig von mir." „Und
dann?" fragt K., „was ist dann?" „Keine Ahnung", meint C.,
„dann ist alles gut. Oder?"

GÖTZE

Moabit in bunt: Gelb, Rot, auch Schwarz. Leute mit farbigen Wackelohren, Blumenkränzen, Bierdosen stehen am Hauptbahnhof. Sie wollen über die Spree, drüben warten ganz viele auf einige Fußballer, die zuvor in Brasilien waren. Polizisten bewachen die Fußgängerbrücke Richtung Kanzleramt. Eine Frau zeigt ihren Führerschein: „Darf ich durch?" „Nö", bestimmt ein Beamter. „Ick müsste aber echt mal durch." Ein schwerer Mann drängt sich nach vorne. „Wieso?", fragt der Beamte. „Also, dit is so", erklärt der Mann, „ick heiße Mario Götze, ick hab ein Date am Brandenburger Tor!" „Ach", sagt der Wächter, „wo kommen Sie denn her?" „Sieht man doch, aus Moabit." „Supi." Der Polizist lächelt ihn an. „Dann bleiben Sie doch einfach hier, Herr Götze. In Moabit. Wer will schon auf die andere Seite?"

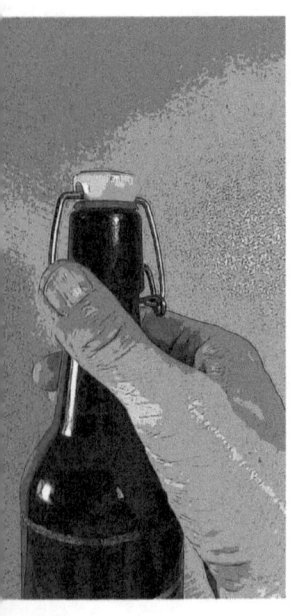

„Ich bin hier die Persönlichkeit." T. reckt sich. „Ist das klar?" Ernst blickt der kräftige Mann in die Runde der Männer aus Moabit. „Wieso?", fragt einer. „Weil ich die zwei besten Frauenwitze der Welt kenne. Den einen darfst du keiner Frau erzählen, den anderen jeder, der kommt an. Der geht so." T. erzählt von zwei Mausfrauen. Die eine hat sich verliebt: „,Sieht super aus, und tanzen kann er auch.' Sie kramt ein Foto des Schönen hervor. ,Aber das ist doch eine Fledermaus!', ruft die Freundin. ,Ach. Mir hat er gesagt, er sei Pilot.'" „Jetzt den anderen", ruft einer. „Ja", fordern die übrigen, „mach schon." T. schaut sich um. „Daraus wird nichts", sagt er, „sind keine Frauen da."

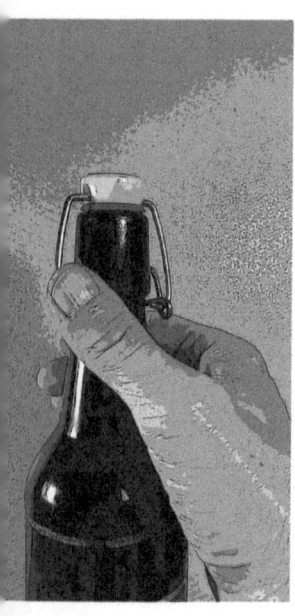

FRAUEN

Die Männer schweigen. Dicke Luft. „Seit Jahren sag ich, wie es geht, was gut ist für die Leute", seufzt J., „aber wenn die nie zuhören, geht's daneben." Man trinkt. „Du kannst eben nicht erwarten, dass der Mensch lernt", fährt B. nach einer Weile fort, „und wenn, dann ist das die Sahnehaube auf der Cocktailkirsche." „Falsch", ruft H., „es heißt: Cocktailkirsche auf Sahnehaube!" „Weißt du, an wen du mich erinnerst?", meint B. „An meine Frau. Die hat auch immer Recht. Und mit Frauen wäre es noch schlimmer hier." H. schüttelt den Kopf: „Mit Frauen habe ich kein Problem." Er starrt in sein leeres Glas: „Männer bauen ab, wenn sie besoffen sind. Frauen sind anders. Wenn ich zum Beispiel 'ne Frau wäre, wäre ich sicher nicht hier."

„Sogar in Indien war ich." R. leert seine Flasche. Er erzählt den anderen, wie das war, damals, als er noch verreisen konnte. „Bettwäsche gab's keine, aber wir sind jede Woche zum Barbier. Kostete 50 Rupien extra. Hab ich mir gegönnt. War schön." Und wie ist es heute? „Mit Hartz Vier bleibt man hier", reimt einer. „Genau!", ruft R. und lacht. Das kann er gut, keiner lacht so laut wie er. Heute hat er für ein paar Euro acht Stunden Schubkarre geschoben. Schwarzarbeit. „Als Westler warst du da natürlich der King", sagt er, „Kiffen, Frauen, alles. Mein Gott, ging es uns gut." Wieder dieses krachende Lachen. Einer steht auf, schließt das Fenster. „Richtig", meint R., „mach mal zu. Sonst stören wir noch die Unruhe."

Draußen ist es kalt. Die Männer sitzen drinnen. J. trägt Hut zum roten Rolli, B. hat Malerhosen an, H. ist groß, kräftig, bärtig. „Es geht ums Prinzip", sagt J., „entweder man trinkt zu sich hin, oder man trinkt von sich weg." „Stimmt", meint B., „ich trinke zu mir hin. Mich beruhigt das." J. holt Nachschub, setzt sich wieder hin. „Ich dagegen", behauptet er, „ich trinke von mir weg. Das macht Stimmung, ich bring mich ein, bin halt ein sozialer Mensch." B. nickt. „Bei mir ist das anders." H. nimmt einen tiefen Zug aus seiner Flasche: „Ich trinke weder hin noch weg. Mein Problem ist: Ich mag keinen Alkohol. Das kostet mich immer Überwindung, aber ich geb' mir halt Mühe. Ansonsten: Ich trinke neutral, sag ich mal."

ALLEIN

„Alles in Ordnung", jubelt K. und zeigt sein Handy rum mit dem Foto seiner Freundin M.; drei Wochen lag sie ohne Bewusstsein im Krankenhaus, Aneurysma. „Sie ist wieder wach!" Man trinkt auf ihr Wohl. Wann kommt sie raus? Drei Tage später stirbt M. Die Männer sitzen wortlos da. „Die haben die Maschine abgestellt", berichtet K., „war nichts mehr zu machen." Er erzählt, wie das war. Dann geht er heim. Die anderen bleiben, wo sie sind. D. hebt sein Glas. „Sie war eine tolle Frau", sagt er, „aber das Wichtigste ist: Er ist nicht allein. Und das weiß er."

BOMBE

Die Männer feiern, D. wird 60. „Schön, wenn man überlebt, ohne blöde zu werden", verkündet einer. Das findet auch L. „Einmal hat es mich fast erwischt", erinnert er sich an seine Zeit als Soldat. „Wir kriegen einen Anruf: ‚Eine Bombe liegt im Postamt von X und geht gleich hoch.' Wir lassen den Laden räumen. Aber mein Leutnant will mit mir da rein, die Bombe suchen." Er trinkt einen Schluck. „Ich sage nein, ich bin doch nicht blöd. Wir stehen also drei Meter vor der Tür und diskutieren über Befehlsverweigerung. Da geht drinnen die Bombe hoch." D. ist beeindruckt: „Eine echte Bombe?" „Was denn sonst? Wir liegen also am Boden, er guckt mich an, der Leutnant, und ich ihn." „Und dann?", fragt einer. „Ich sage: ‚Na, Blödmann, überlebt?' Er gibt mir die Hand und sagt danke." „Und? Was ist aus ihm geworden?" fragt D. „Aus dem Leutnant? Der lebt immer noch, ist jetzt auch schon über 60. Ein Blödmann ist er trotzdem."

ÜBEL

„Willste wissen, was mir gestern passiert ist?" H. nimmt zwei Flaschen aus dem Kühlschrank: „Du auch?" „Ja. Und ja." B. hebelt sein Bier auf. „Prost." H. holt ein Tempo aus der Tasche. „Guck mal!" B. liest vor, was auf dem weichen Papier notiert ist: „Sie haben mein Fahrrad mit angeschlossen. Übel!" „Ich war im Kino, Potsdamer Platz. Mein Rad hatte ich draußen. Als ich rauskam, hatte es einer an sein Rad gekettet. Ich war natürlich total sauer. Erst wollte ich sein Rad demolieren, aber bringt ja nichts. Also habe ich ihm das Tempo mit der Message an die Handbremse geklemmt." „Ist wirklich übel sowas." H. nickt: „Allerdings. Am Abend war das Rad wieder frei. Dreh mal um!" B. wendet das Taschentuch, liest: „Es tut mir außerordentlich leid!" Er lacht. „Ist ja süß!" H. pult am Etikett seiner Flasche: „Ich hätte fast geheult vor Rührung: ‚Tut mir außerordentlich leid!'" B. fühlt mit ihm. „Da kann man nichts machen." „Stimmt!" H. schaut aus dem Fenster. „Wirklich übel."

VERSCHWÖRUNGSPRAXIS

„Wenn ich dich zutexte, dann nur, damit du kapierst, wer im Kapitalismus die Fäden zieht." D. prostet X. zu: „Weil: Du steckst in einer Meinungsblase, aber du weißt es nicht. Das ist nicht deine Schuld. Ich dagegen weiß Bescheid, das hast du ja nun begriffen." „Na, ja." H. zögert. „Du bist halt Verschwörungstheoretiker." „Quatsch", stellt D. klar, „ich bin doch kein Theoretiker." „Ach so! Eher so einer aus der Praxis?" D. blickt sich um. „Du steckst zwar in deiner Blase, aber am Ende bist du nicht so dumm, wie du tust. Du wirst schon noch verstehen, wie die Welt im Ganzen läuft und wer hinter allem steckt." „Das bist dann aber nicht du, oder?" „Na klar bin ich das." D. entspannt sich. „Wer denn sonst?"

NACHBAR

Die Bank an der Straßenecke ist beliebt: freie Aussicht die Straße runter, Westblick. Mittags kommen die Jugendlichen aus dem Hostel, abends der freundliche Rasta-Kiffer, ab und an die alten Frauen von nebenan. Heute hat wieder der Mann mit dem Fahrrad Platz genommen. Links neben ihm sitzt H., auf der anderen Seite ein großer Plüschbär, den rechten Arm um eine Schultüte gelegt, den linken um eine Flasche Bier. Der Fahrradmann beugt sich vor: „Wenn der so weitermacht," – er blickt kurz zu dem Bären – „sackt der ab." H. nickt. „Jetzt mal so sozial gesehen", fährt der Fahrradmann fort. H. merkt auf: „Sozial?" „Also, ich bring den zum Arbeitsamt, der braucht unbedingt 'ne Fortbildung. Oder 'ne Therapie. Der hat nämlich", flüstert er, „voll das Drogenproblem. Sitzt hier mit Schultüte und säuft. Mitten am Tag! Das geht doch nicht." „Ja und?" „Da muss man doch was tun, schließlich hat man Verantwortung. So als Nachbar, meine ich."

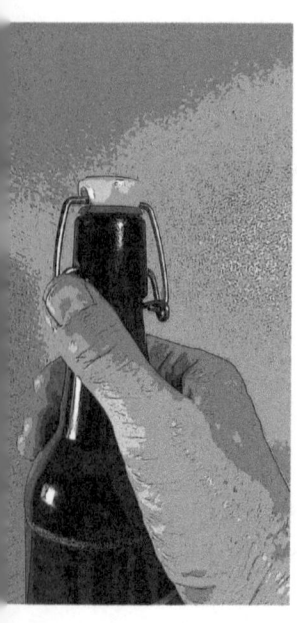

MESSER

Wirtshaus *Am Park*: L. steht am Tresen und plaudert mit Kellnerin M. Sie hat die Haare hochgesteckt, sie ist jung und schlank; G., ihr Gegenteil, sitzt seit zwei Stunden an seinem Tisch und trinkt. „Schöne Figur!", ruft er M. zu. Sie kennt das, sie hasst das: „Halt's Maul, Alter!" „Ich hab dir ein Kompliment machen wollen, du Sau!" Das hört L. nicht gern; er zieht die Brauen hoch und dreht sich um: „Schon wieder!" Aber G. macht weiter: „Komm her", ruft er M. zu, „ich will mich entschuldigen, du Fotze!" M. zeigt ihm den Mittelfinger: „Hausverbot!" L. geht rüber zu G., steht vor ihm: ein Meter fünfundneunzig, alt und stark. „Ick hab doch nichts Schlimmes gesagt", heult G.. „Man macht ein Kompliment, und was kriegt man? Ein Messer in den Rücken." „Das denkst du jetzt", erklärt L. sachlich, „morgen begreifst du mehr." G. weint jetzt: „Was?" „Das mit dem Messer im Rücken." „Was?" „Morgen begreifst du, dass du das Messer bist. Und Messer haben hier nichts zu suchen."

DIGITALKATZE

Nacht. A. und S. stehen an der Ecke. An einer Laterne klebt ein Zettel mit einem Katzenfoto. A. liest vor: „Ich habe meine Katze verloren. Bitte, wenn jemand es sieht, der sich in meinem Telefon nennt. Irgendein Gehilfe ist gut erhalten." „Irgendein Gehilfe?", fragt S., „im Telefon? Versteh ich nicht." „Klar", sagt A., „du bist ja auch Moabiter." „Ja und? Sind Moabiter doof?" „Nö, aber Moabit ist analog. Dies hier" – A. zeigt auf den Zettel – „ist digital. Das ist die Globalisierung." „Eine globalisierte Katze?" „Ja, das hat ein Übersetzungsprogramm geschrieben." „Ach so." S. denkt nach. „Dann kann ja die Katze auch kein Deutsch." „Vermutlich." A. guckt auf die Uhr. „Wenigstens kann sie es nicht schreiben."

ABKÜRZUNG

H. trägt einen exotischen Namen. „Mein Papa war Rocker, Hells Angels, und Mama war Friseurin." Er lacht und schaut zu, wie sich X. eine Zigarette dreht. „Sie hatte einen Kunden mit einem wunderschönen Vornamen. Ich komme also zur Welt und soll so heißen. ‚Den Namen gibt's doch gar nicht', sagt der Standesbeamte meiner Mama. Als mein Papa das hört, sagt er: ‚Geh morgen wieder hin. Den Namen gibt's doch!' Mit einem Rockerkumpel, der im Standesamt arbeitet, steigt er nachts ins Amt ein und korrigiert die offizielle Namensliste. So kam ich zu meinem schönen Namen." „Ist echt schön." X. macht einen Rauchkringel. „Aber ziemlich selten." H. lacht: „Irgendwann erzählt Mama ihrem Kunden, dass ich heiße wie er. ‚Ach', sagt der, ‚ich heiße ja gar nicht so, ist bloß 'ne Abkürzung.'" H. nimmt einen Schluck Bier: „Dank den Hells Angels kann jetzt jeder Junge heißen wie ich. Ist auch was."

Es geht ums Ganze; P. ist sauer: „Kommt mein Freund und Mit-Schwabe Hegel nach Berlin, und ihr lasst ihn hier verrecken, in einer Hütte auf dem Kreuzberg, an der Cholera!" „Hegel?" M. kennt sich aus: „Der war mir immer zu schwierig." P. hat andere Erfahrungen gemacht: „Ist ganz einfach, bei Hegel geht es um die Dinge, die jeder kennt, um das, was jeder so den ganzen Tag lang tut. Denken zum Beispiel." Er erklärt, wie Allgemeines und Besonderes zusammenhängen: „Deine Jacke zum Beispiel ist rot." Er zeigt auf H.s Kapuzenpulli. „Ja, und?", meint M. ungerührt; P. zögert kurz: „Sagen wir es so: Das ist ein Auto. Wenn du keinen Begriff von Auto hast, verstehst du das nicht." „Hatte Hegel ein Auto?" Ungläubig schaut P. M. an. „Okay", räumt er ein, „damals gab es noch keine Autos. Nehmen wir eben Postkutschen: Angenommen, das ist eine Postkutsche." Er zeigt auf den Tisch. „Postkutsche?" M. schüttelt den Kopf: „Ich sehe nur Flaschen." P. fällt nichts mehr ein; ratlos dreht er an seinem Ehering. „Sag ich ja", meint M., „ist mir echt zu schwierig."

OCHSENSCHWANZ

Welch ein Glück, es ist noch mal warm geworden. „Altherrensommer!" J. erzählt, wie er gestern den Ochsenschwanz zubereitet hat. L. und B. trinken, jemand hat Pflaumen und Birnen aus seinem Garten mitgebracht. Schräg fällt Licht auf den Tisch. „Demnächst sind übrigens Wahlen", meint L. „Kann ich nur vor warnen." B. beißt in eine Birne: „Wer wählen geht, macht sich strafbar." „Wieso?" „Wir haben derzeit kein gültiges Wahlgesetz, wer wählt, riskiert Knast." L. überlegt eine Weile: „Hm." Er blinzelt in die Sonne. „Dann ist ja alles gesagt." „Du bist ein weiser Mann", meint J., „lass uns über wichtige Dinge reden: Ochsenschwanz." „Genau! Ochsenschwanz im Altherrensommer", ruft L., „Ochsen sind kastrierte Stiere. Passt doch!"

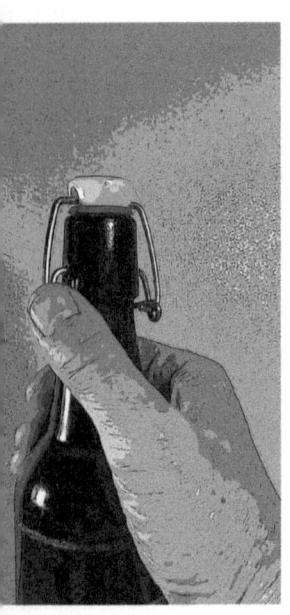

ROT

P. ist krank, das wird auch so bleiben. Heute ist X. zu Besuch. Auf dem Monitor erklärt ein Youtuber mit gelber Krawatte, wie Soros und Gates die Welt vernichten. „Für mich als Linken ist das nichts Neues." P. drückt seinen Joint aus. Früher war er so gesund wie alle; Fotos an der Wand zeigen ihn bei den Pyramiden, in Bangkok, vor Angkor Wat, immer die Freundin im Arm. Aber die ist schon lange weg. „Ich find das eher rechts, das Gerede vom Weltkapital." Das Gras hat X.s Stimme aufgeweicht. „Am Ende sind immer die Juden schuld. Total primitiv!" „Nee, nee, primitiv ist das nicht! Ist eine tiefere Einsicht." „Was ist denn daran tief?" „Davon verstehst du nichts." „Wovon?" „Na, von Tiefe." „Aber du!" „Ja genau! Jeder hat Zugang zur Tiefe." „Durch Youtube?" „Quatsch. Durch Meditation." „Du meditierst? Wie denn?" „Im Bett. Bevor die Pfleger kommen, liege ich da. Dann sehe ich meine Chakren." „Und? Wie sind die so?" „Mal so, mal so. Aber immer rot." „Die sind rot?" „Klar. Bin doch ein Linker."

ATW

Sie sitzen und ergründen die Welt. T. kommt rein, Gips am Bein, Durst im Blick, und fragt: „Wo kommst du her, wo gehst du hin?" Er holt sich ein Bier und lässt es aufploppen. „Ach!", J. reibt sich die Hüfte. „Ich glaub, ich hab schon wieder ATW." T. verstaut sich, sein Bein und seine Flasche auf zwei Stühlen: „Hört sich schlimm an." Der dünne Mann neben ihm versteht nicht, worum es geht: „Was ist denn ATW?" „Hab ich öfter", erklärt J., „vor dem Trinken, nach dem Trinken. Dazwischen geht's eigentlich." „Ach so. Aber was ist nun ATW?" „Na, alles tut weh." Der Dünne denkt nach. „O je", sagt er dann, „danke für die Aufklärung." „Kein Problem", kontert T., „kein Grund zur Veranlassung."

ZUCKER

Vor dem Café Cox sitzt C. auf seinem Stuhl. Er hat studiert, er hat Arbeit, er hat Kummer: Gestern hat ihn seine Freundin verlassen. Er friert erbärmlich, trotz des Pullis mit den breiten roten Bändern an der Kapuze. Er will reingehen, doch mit drei Litern Bier im Kopf fällt das Aufstehen schwer. C. schwankt, fängt sich, sitzt wieder. Dann kippt er vom Stuhl, schlägt lang hin. Eines der Bänder liegt auf seinem Gesicht; es sieht aus, als fließe Blut aus seinem Mund. Vom Nebentisch kommen W. und P., beide über 60, beide behängt mit fettem Rockerschmuck; gemeinsam helfen sie C. auf, heben ihn zurück auf seinen Stuhl. W. setzt sich neben C., P. geht zum Tresen, kommt zurück mit einem Zuckerspender und einer Tasse Kaffee: „Das wird schon wieder mit deiner Süßen." „Meinst du?" C. starrt ihn an. „Klar!" W. schüttet Zucker in C.s Kaffee und rührt um: „Hauptsache süß."

DIALEKTIKDECKEL

Die Männer tun, was sie tun. Frauen sind hier selten, doch heute ist A. gekommen. „Sag mal", wendet sie sich an G., „hast du noch den Bierdeckel von neulich?" „Welchen Deckel?" „Na, den mit der Dialektik." „Stimmt, wir haben da aufgeschrieben, was Dialektik ist." G. kramt in seinen Taschen: „Ja, wo ist er, der Dialektikdeckel? Ich weiß jedenfalls noch, dass du mich falsch verstanden hast." „Ja, ja", sagt A., „ich hab mich getäuscht, und du hast unrecht." „Sowas in der Art stand auf dem Deckelrand", erinnert sich G., „und weil der rund ist, musst du einen Punkt setzen, wo du zu lesen anfängst. Weil sonst, wenn man den Deckel dreht, sieht das ganz anders aus. Dann hab ich mich getäuscht, und du hast unrecht oder so." „Sag ich ja: Dialektik."

BLUTDRUCK

Neben dem schlummernden S. sitzt A. auf dem Sofa, erzählt von ihrer Arbeit in der Apotheke. Oft kommen Alte zum Blutdruckmessen: „Der Wert bleibt immer ungenau, weil: Der Weg zu uns ist zu anstrengend und aufregend, bei all dem Verkehr." S. reißt die Augen auf: „Die Heisenbergsche Blutdruckunschärferelation!" Keiner lacht, S. legt nach. „Die besagt, dass man nur das Gewicht oder den Spin eines Teilchens messen kann, nie beides zugleich. Klar?" „Unklar." A. lacht. „Aber egal." S. rülpst leise: „Deshalb klappt das auch nicht mit dem Beamen." „Was?" „Die Gebeamten bauen sich nicht neu zusammen", bringt S. heraus, „wegen Heisenberg. Man hat die Leute von *Star Trek* gefragt, wie das gehen soll angesichts der Heisenbergschen Unschärfe, das Beamen." A. bleibt skeptisch: „Und?" „Die Antwort war: ,Wir haben einen Heisenberg-Kompensator eingebaut.' ,Und, wie funktioniert der?' Antwort: ,Sehr, sehr gut.'" Wieder lacht keiner. S. kümmert das nicht. „Sowas braucht ihr auch, für den Blutdruck." A. lacht: „Funktioniert der denn?" Aber S. schläft schon wieder.

BLOND

Nachmittag: H. repariert ein Radio, B. liest Zeitung. Da erscheint, schön und resolut, S.; sie war lange nicht hier. H. sagt: „Hallo!" B. auch. „Hallo Jungs", grüßt S., „wer hat Ahnung von Wein?" B. steht auf: „Alle." Er sucht eine Flasche aus: „Übrigens hast du die Haare schön so. Naturwelle?" S. schüttelt ihre Mähne. „Ich trag das Haar offen, du Arschloch", schnaubt sie. „Eben", bestätigt B., „sieht klasse aus. Und so schön blond!" Er reicht ihr den Wein. „Echt blond, du Arschloch!" S. lacht. Sie steckt die Flasche ein und gibt B. einen Schein. Dann ist sie weg. „Hm", meint H. etwas später, ohne von seinem Radio aufzuschauen, „so richtig freundlich war sie ja nicht gerade, oder?" „Nein", seufzt B. „aber echt blond."

MAFIA

Die Männer aus Moabit trinken. Nur A. nicht, A. ist Wirt. Als er gestern seine Kneipe aufmachte, standen plötzlich zwei Männer vor ihm. „Große Kerle, Libanesen", erzählt er: „‚Alter', sagen die, ‚was zahlst du, dass dir und deinem Laden nichts passiert?'" A. schweigt. Stille. „Geh zu den Bullen", rät M., „die Mafia hat hier nichts zu suchen!" Andere haben andere Ideen. „Solche waren auch mal bei mir", erinnert sich J., „vier Stück. Wollten Schutzgeld. Ich dreh mich um und rufe L. und T." L. und T. sind über 50, aber sie können kämpfen, das sieht man sofort. „Die beiden kommen und stellen sich neben mir auf. Da sind die Typen ganz schnell weg", sagt J. „Deutsche Mafia ist beste Mafia. Zumindest in Moabit."

O., der Riese, hat die größten Hände des Planeten, einen Schädel aus Granit und zwei kaputte Knie. Hinter ihm liegen Jahrzehnte harter Arbeit, nicht nur auf dem Bau. Wer ihn reden hört, hält Tom Waits für einen Eunuchen; aber er redet nicht viel. Heute hat er einen ruhigen Abend und ein Glas Weißwein vor sich. Da kommt V., schlank, schick, schön, und stellt sich vor. „Setz dich, Junge." O. rückt zur Seite, V. nimmt Platz. Er kratzt sich am Kopf, beißt sich auf die Lippen, starrt immer wieder rüber zu O., bis es dem zu bunt wird: „Was?" V. traut sich: „Stimmt das?" „Klar." „Du hast bei Michael Jackson mitgespielt?" Über O.s Gesicht fliegt ein Lächeln: „Das Video?" „Ja! Thriller." „Ich dachte, das wäre geheim." „Und? Hast du?" O. lächelt: „Soll ich dir was vortanzen?" V. schluckt, O. nippt an seinem Wein: „Junge, kannst du was für dich behalten?" V. nickt. O. flüstert ihm ins Ohr; V. hört zu, reißt die Augen auf. „Echt?", fragt er, „mit den Knien?" „Genau", sagt O., „mit diesen Knien!"

ALLES

H.s Eltern sind da, beide über achtzig. Auf dem Bildschirm kämpfen Lukas, Mario, Basti und Thomas für Deutschland. L. gibt den Kommentator, J. versorgt die Gäste mit Getränken, konzentriert folgt der Vater dem Spiel. „Poldi", ruft die Mutter, „ja! Mach ihn rein!" Ganz knapp zischt Poldis Granate am Tor vorbei. „Mist!" Die Mutter bleibt am Ball, fiebert mit; später teilt sie Götze, Schweinsteiger und Müller mit, was sie zu tun haben. Kein Wunder, dass wir gewinnen. Nach dem Spiel schaut sich der Vater um. „Hier findet also alles statt." An der Wand hunderte Schallplatten, drüben hängen Porträtfotos, das Polster eines Sessels ist gerissen. „Ja. Reich sind wir nicht", sagt J., „aber wir haben, was wir brauchen." „Reichtum ist Armut an Bedürfnissen", weiß der Vater: „Seneca." Die Mutter lacht und steht auf: „Es ist alles wunderbar hier, sehr schön." „Vielleicht nicht alles", L. erhebt sich und küsst ihr galant die Hand, „aber das, worauf es ankommt." „Eben. Und jetzt", die Mutter hängt sich beim Vater ein, „jetzt gehen wir."

LERNEN

Das Bier war gut; die Männer sind fertig und gehen nach Hause. Drei sitzen noch in J.s Laden. J. lässt die Rollladen herunter, holt einen Aschenbecher, Flaschen, das Schachspiel. Mal spielt der gegen den, mal der gegen den anderen und so weiter. Braunen Rum gibt es auch. Stunden vergehen. L. spielt mit Grandezza und unbekümmert, V. ist ganz gut in Form, schlägt, was es zu schlagen gibt, J. schaut weiter voraus als die anderen. Es gibt Musik von früher, Crusaders und Sweet Smoke, den ganz jungen Harry Belafonte und sowas. L. schaut zu, wie V.s Dame und Turm J.s König in den Würgegriff nehmen, er schaut zu, wie J. sich mit einem Sprung seiner Dame befreit und leise „matt" sagt. L. lächelt; V. lächelt nicht. „Ja, ja, Geiz und Gier machen sich halt nicht bezahlt, Kerle." J. hat einen südlichen Akzent, Schwaben oder so, den pflegt er. „Hier kannst du was lernen. Fürs Leben."

VERKANNT

Mit Hut, Schlips und Anzug sitzt Herr B. auf einer Bank. Er ist sehr alt und seit einiger Zeit auch schwer krank. „Aber", sagt er, „ich bin in guten Händen, St. Hedwig-Krankenhaus, will nicht klagen." Ein Mann im Trainingsanzug fragt: „Haben Sie 35 Cent?" „35 Cent?" Herr B. hat wirklich Geld. „Ich will auch hier sitzen", sagt der Trainingsanzug, zwängt sich neben Herrn B., raucht. Herr B. rollt mit den Augen. „Andere traf es schwerer. Kaiser Karl der Erste von Österreich zum Beispiel: verliert seinen Bruder und seinen Onkel, den Franz-Ferdinand. Sarajewo! Was für ein Los! Bin nur froh, dass mir das erspart blieb, so ohne Kinder." Der Trainingsanzug steht auf und geht weg. „Und Papst Pius", ruft Herr B. ihm nach, „der Zwölfte, nein, so ein grausames Schicksal! Verkannt bis in den Tod!"

WOLF

Die Männer stehen in der Kneipe am Tresen, flachsen und quatschen. Plötzlich baut sich ein Riese neben dem mageren X. auf, packt ihn am Nacken, drückt ihm den Kopf auf den Tresen, greift sich ein leeres Bierglas und schwenkt es dicht vor X.s Gesicht hin und her: „Welches Auge willst du behalten?" Er holt aus. Doch da ist J. zur Stelle. „Mensch!" Er umarmt den Wütenden. „Wir haben uns ja ewig nicht gesehen." Großes Hallo, die beiden gehen beiseite, das Glas steht wieder auf dem Tresen. Kurz darauf sitzt der Beinahe-Schläger mit einem Bier auf dem Sofa. Auch nach zehn Minuten zittert X. noch auf seinem Barhocker. J. stellt sich zu ihm. „Das hätte ins Auge gehen können", stellt X. fest, „danke!" „Stimmt", meint J., „aber so bin ich halt. Ich bin zwar ein Wolf, aber ich pass auf meine Schafe auf. Ist doch so: Was wäre der Wolf ohne die Schafe?" Er wartet, was X. dazu zu sagen hat, doch der schweigt. „Na ja", fährt J. fort, „jedenfalls kein Wolf."

URLAUB

„Ich hab Urlaub", verkündet G., „seit heute. Weißt du, wozu das führt? Ich hab 'ne Entenmaschine gebaut." H. nickt, kritzelt weiter auf einem Zettel rum. G. macht weiter: „Mein Neffe hat mir gesagt, wie die aussieht und funktioniert, und ich hab sie gebaut. Der Rumpf ist schon fertig. Ich muss nur noch die Ente installieren, dann geht's los. Und du? Was machst du?" „Nichts, denke ich mal." H. kritzelt weiter. „Von wegen nichts. Du machst Notizen von allem, was Google nicht bringt", behauptet G. „Vom Unwichtigen." „Klar doch!" H. betrachtet sein Gekritzel: „Und du baust mir dann eine Maschine, mit der ich es finden kann." „Genau", meint G., „ich mach nur noch rasch die Entenmaschine fertig. Danach kümmere ich mich um den Rest der Welt."

MATRIARCHAT

„Männer bringen's einfach nicht." M. gießt sich Weißwein nach. „Das Patriarchat gibt es erst seit sechstausend Jahren. Schlappe sechstausend Jahre, und alles ist am Arsch. Davor hatte die Welt sechzigtausend Jahre Matriarchat." Er wuchtet sich aus seinem Stuhl, geht rüber zum Kühlschrank und verstaut die Flasche im Eisfach. „War auf jeden Fall besser für alle." B. schüttelt den Kopf: „Nicht für alle, bloß für die Frauen." M. sieht das anders: „Nein, besser für alle. Und besser für die Welt." Daran hat B. dann doch seine Zweifel: „Meine Oma war Matriarchin, die hat bestimmt, was in der Familie geschah. Mein Opa musste sich in allem nach ihr richten." „Dann hattest du ja 'ne ziemlich alte Oma." „Ja", sagt B., „die hat auf einem Dinosaurier ihren Führerschein gemacht." „Und was war mit deinem Opa?" „Der? Der hatte keinen Führerschein, der durfte nicht fahren."

CHECKER

Die Männer sitzen im Hinterzimmer von J.s Laden. J. sitzt vorne. Vier junge Leute, drei Jungs und ein Mädchen, checken seine Auslagen. Die Jungs haben schicke Schiebermützen und tragen teure Klamotten an ihren 20-jährigen Leibern; über den Schultern große Umhängetaschen. Strategisch verteilen sie sich im Raum, die Frau versucht, J. im Blick zu halten. So macht man das, wenn man klauen will. Ein paar Minuten schaut J. dem Treiben zu, dann wird es ihm zu bunt. Er geht zur Ladentür und öffnet sie. „So Kinder, das war's für heute!" Er klatscht in die Hände. „Geht woanders gentrifizieren, wenn ihr euch nicht benehmen könnt." Die vier trollen sich, J. schließt die Tür. „Ist doch wahr", sagt er, „wir sind doch hier nicht in Mitte!"

LIEBE

Es ist spät. A. dreht eine Zigarette mit Kraut und gibt sie weiter. Nach mehreren Stationen kommt das gute Stück zu K.; auch sie zieht daran. „Gut", sagt sie, „aber L. dreht besser." „L. ist über 60", gibt A. zurück, „ich erst 44! Außerdem ist L. Jamaikaner! Er hat in Nordirland gekämpft. Mit dem soll ich mich messen? Niemals!" „Hast ja recht", räumt K. ein, „gegen den haben wir alle keine Chance." Das tröstet A. „Aber du solltest bei ihm in die Schule gehen", empfiehlt K. und reicht ihm den Joint zurück, „da lernst du was." „Armer Kerl!", versonnen betrachtet A. den Drogenrest, „du hast es auch nicht leicht. Du bist wie ich: Alle wollen dich, alle ziehen sie an dir, du verbrennst für das Glück der anderen. Aber nur einer, nur einer liebt dich, wie du bist." Er zerdrückt die Kippe im Aschenbecher. „Nämlich ich."

SEX

Seit einer Stunde gibt es nur ein Thema. Männer und Frauen beziehungsweise Frauen versus Männer. Wer ist besser? „Nenn mir eine große Köchin!", fordert J., „nenn mir eine große Schachspielerin! Eine große Autorin!" „Joanne K. Rowling!" C. liest einfach gerne. J. lacht: „Die? Ich meine eine richtig große Autorin. Goethe. Tolstoi. Die gibt es nämlich nicht!" „Kannst du bitte auch mal was weniger Frauenfeindliches sagen?" „Es gibt Gebiete, auf denen sind wir einfach nicht zu schlagen, wir Männer." „Red' nicht so einen Unsinn", ruft C.; er ist mittlerweile wirklich sauer. „Es gibt keine Gebiete, die nur von Männern oder Frauen besetzt wären! Sie sind alle gleich. Es gibt keinen Unterschied." „Keinen?" J. lacht: „Den einen oder anderen könnte ich schon ausmachen." „Stimmt", meint C., „einen kenne ich auch." „Welchen denn?" „Ich kann halt mit Männern besser Sex haben."

„Stell dir vor, eben gehe ich zum Bioladen in der Turmstraße."
X. ist wütend: „Wie immer sitzt die Bettlerin da, die Rumänin
oder so, wie immer neben dem Fahrradständer, die mit dem
Pappschild: ‚Eine Euro, bitte. Meine Kind ist tot.'" „Die immer
Hallo sagt?" O. gießt Wein in sein Glas. „Die ist nett." „Finde
ich auch", fährt X. fort: „Kommt da ein Typ an, so ein langer
mit Helm und Funktionsjacke, und will sein Rad anschließen.
Irgendwie stört sie ihn. Er pflaumt sie an, schließt ab, geht
rein, zur Brottheke. Ich hinterher, stelle mich neben ihn. Un-
glaublich!" X. schüttelt den Kopf. „Der Typ beschwert sich bei
dem Verkäufer, die Frau soll sich woanders hinsetzen und
sowas. ‚Fahrradständer sind für Fahrräder!'" Jetzt schüttelt
O. den Kopf: „Spießer." Er nimmt einen kleinen Schluck
Wein: „Und?" „Tja. Ich sage zu ihm: Geh doch zurück nach
Stuttgart." „Und er?" „Er dreht sich zu mir und sagt: ‚Wieso
Stuttgart? Ich komme aus Mannheim.'"

WURM

NSA, Sepp Blatter, Ukraine: B. und R. erkunden die Weltlage. Es sieht nicht gut aus im Ganzen, irgendwie steckt der Wurm in allem. „Und dann der Euro, der macht uns vollends arm", schimpft R., holt ein Bier aus dem Kühlschrank, malt einen Strich auf dem Zettel: „Eine Cola kostete früher 49 Pfennig, jetzt einen Euro. Einen Euro! Das Vierfache", rechnet er vor. „Wieso Cola?", fragt B., „du trinkst doch eh bloß Bier." „Eben drum!" Gut gelaunt stößt R. mit B. an. Dann reden sie über Ebola und eben über den Wurm, der in allem steckt. „Eigentlich", meint R. später, „geht es uns hier besser als all den anderen in Europa." „Dann freu dich doch!" „Freuen muss ich mich nicht", betont R., „ich reg mich nur nicht auf."

J. sorgt für Musik, K. hört zu, alles sehr entspannt: Eric Burdon, Van Morrison, Barry White. Eine Stunde vergeht, K. streicht sich über den Bart, hört weiter zu. Da steht R. in der Tür, Sonnenbrille im Haar, Tattoo auf dem Unterarm, bedrucktes T-Shirt: „Allet schick?" „Klar", meint J., „und selber?" „Allet schau." R. setzt sich hin: „Blöde ist nur die Schulter." Er reibt sich den Oberarm; K. schaut zu. „Aber sonst allet schick", verkündet R., „auch geistig." „Geistig?" J. wundert sich: „Was heißt geistig?" „Na, was wohl?" R. lacht. „Bei meiner Frau ist auch alles schick." „Ist die Hauptsache." „Ist ja nicht richtig meine Frau." „Aber du bist ihr Mann, oder?" „Ich bin ihr Diamant." R.s Telefon klingelt, er stellt auf laut, wegen der Ohren. Eine sanfte Frauenstimme fragt: „Kommste mal nach Hause?" „Na klar, mein Schatz!" R. legt auf, stemmt sich aus seinem Stuhl. „Ich geh dann mal." Er blickt in die Runde, freundlich blickt K. zurück. „Hat mal wieder gut getan, der kurze Moment mit euch." „Dito." J. legt eine neue Platte auf; R. geht nach Hause, K. lächelt. Dann lauscht er wieder der Musik.

WEICHSPÜLER

„Toll!" Versonnen schaut P. seiner Freundin hinterher: „Das einzige, was mich bei dieser Frau stört, ist, dass sie Weichspüler benutzt." G. versteht ihn: „Meine auch. Immer! Da stehen die einfach drauf. Das Problem ist nur: Der Geruch ist für Frauen quasi unsichtbar. Aber wenn sie ihn weglassen, ist auch ihre sexuelle Aktivität dahin." „Wirklich?" P. kann das nicht glauben. „Doch", meint G., „hat man getestet. Weichspüler ist Moschus in Frauennasen." „In Männernasen aber nicht", klagt P. „Das kannst du nicht ändern, weil's nämlich wahr ist wie nur was. Und …", G. überlegt, „das Weichspülerwissen ist eine der ganz wenigen Verschwörungstheorien, die nicht zentral gesteuert sind." „Ach so, dezentral. Dann stimmt's wohl."

BRUCH

J. steht im türkischen Imbiss und wartet, die linke Hand in Gips. Gestern hat er mit dem Knochenbrecher gerangelt. Der ist eigentlich ein guter Freund, sanft wie ein Lamm. „Dabei hat's den Finger erwischt. Ein glatter Bruch." Jetzt ist J. dran und gibt seine Bestellung auf. „Zum Mitnehmen bitte!" Kurz darauf reicht die junge Frau hinterm Tresen die Tüte mit den Speisen herüber: „Was haben Sie denn mit Ihrer Hand gemacht? Sieht ja schlimm aus." „Ich hab meiner Frau auf den Popo geklopft", sagt J., „der war so fest, da hat es knacks gemacht." Die junge Türkin schaut J. ernst an; dann lächelt sie breit: „Na, Alter, trotzdem gute Besserung, sag ich mal." „Danke dito", meint J. und winkt mit dem Gips, „güle güle."

CHRISTKIND

Advent. Die Männer sind immer noch in Moabit. Es gibt Bier. Drinnen wird getrunken, draußen ist es dunkel, das ist normal. Aus alten Boxen kommt ein Lied von Sternen, die vor Augen leuchten. „Wollt ihr auch Sterne vor den Augen?" J. dreht die Musik lauter und singt mit, dass es so richtig schön nur mit dir war. Man denkt zurück an frühere Lieben, sagt was, raucht, schweigt. B. trinkt seine Flasche leer. „Ich hab übrigens Post bekommen", erzählt er, „vom Familiengericht." „Und? Hast du ein Kind gekriegt?", feixt J. „Hätt ich sicher gemerkt", meint B. und streicht sich über den sehr gerundeten Bauch. „Mach dir nichts draus!" J. holt sich ein frisches Bier. „Das Christkind kommt auch ohne uns."

KOFFER

Auf der Straße hat H. zwei alte Koffer gefunden; die trägt er jetzt nach Hause. Vor dem Café an der Ecke deckt A. seinen Koffeinbedarf für den Morgen. „Hast du zwei Koffer?" „Klar. Willst du einen?" A. lacht. „Nee. Kein Platz. Ich lebe im Gefängnis. Ein Zimmer, alles drin. Aber total bescheuert geschnitten, so mit Ecke. Kennst du, Berliner Haus eben. Ich hatte zwei Zimmer, der Vermieter hat mir gekündigt wegen Eigenbedarf. Er wollte mir dann eine andere Wohnung geben, gleich groß." H. setzt sich zu A. „Und dann?" „Er hat alle leeren Wohnungen an Inder vermietet. Ganz viele in einem Zimmer. Damit macht er richtig Profit. Also, wenn du was hörst, denk an mich, sag Bescheid." „Mach ich. Wo willst du denn wohnen?" „Ist doch egal. Aber bitte in Moabit."

GESICHT

Vor dem Späti stehen vier junge Männer um einen hohen Tisch, vor ihnen zwanzig Dosen Whisky-Cola. Leer. H. kommt vorbei, sie winken ihn zu sich: „Guten Abend. Wie geht es dir?" „Danke, gut. Kennen wir uns?" „Nein." „Wie geht es Ihnen denn?" „Prima", beteuern die vier und stellen sich vor: klangvolle polnische, türkische, französische, arabische Namen. P. hat raspelkurze Haare: „Mein Deutsch, ich hasse mein Deutsch." „Klappt doch super." „Darf ich Ihnen was sagen?" „Natürlich." „Es ist wegen Ihres Gesichts." „Was ist damit?" „Es ist so groß. Zu groß für Ihren Körper." „Stimmt. Ihres nicht." „Eben. Ich muss immer aufpassen. Wenn ich mir die Haare kurz schneide, dann wird mein Gesicht so – wie sagt man? – winzig." „Sieht doch gut aus." „Echt?" P. freut sich: „Danke. Aber keiner kann was für sein Gesicht, oder." „In Ihrem Alter wohl nicht", überlegt H., „in meinem schon."

ZUHAUSE

Vier Männer sehen zu, wie L.s große Hände aus drei Blättchen und anderem etwas zum Rauchen formen. „So kann das nur L.", sagt G. andächtig. Die anderen nicken. „Übungssache", erklärt L., „ich denke dabei immer an meine Großmutter. Wenn wir Kinder Bauchweh hatten, kochte sie Marihuana-Tee. Dann ging es uns gleich wieder gut." Er steckt sein Werk in Brand und nimmt einen Zug. „Am besten war es, wenn Oma sich in ihren Schaukelstuhl setzte. Sie nahm mich auf den Schoß, zündete ihre Tonpfeife an und erzählte, was ihr einfiel. Ich schaute nach draußen und war glücklich. Wie Fernsehen, nur besser." G. ist beeindruckt: „Wann war denn das?" „Na, '58 oder '59", meint L., „ich war sechs. Damals war ich noch zuhause, hierher kam ich erst später."

REALITÄTSTHEORIE

B. erklärt, wie Physiologie und Astrophysik zusammenhängen: „Ist ganz einfach: Wenn ein Mann sich beim Sex schnell bewegt, verändern sich seine Geschlechtsteile." Einer der Zuhörer stellt seine Flasche ab: „Quatsch. Was soll sich denn da verändern?" B. macht eine Kunstpause. „Alles schrumpft. Das beruht auf der Einsteinschen Realitätstheorie. Lichtgeschwindigkeit und so. Aus drinnen wird draußen, aus plus minus." Sein Zuhörer schüttelt den Kopf. „Realitätstheorie? Unsinn! Bei mir schrumpft gar nichts." „Tja. Das merkst du nur nicht. Weil: Sex findet gar nicht da unten statt." Genüsslich zieht B. an seiner Zigarette. „Sondern im Kopf. Aber eben nicht in jedem."

MILES

Nacht in Moabit. Auf dem Plattenspieler dreht sich Vinyl: Miles Davis, *Fahrstuhl zum Schafott*. Sechs Männer stehen im Raum, einige machen kleine rhythmische Bewegungen. „Miles hat das in einer Nacht eingespielt, 1957", weiß H., „und in einer Nacht Jahrzehnte danach stehen sechs Männer in einem Laden in Moabit und hören ihm zu." „Und du bist einer davon", meint T. „Klar." H. zieht an seiner Zigarette: „Was denkst du denn?" „Zum Beispiel denke ich, dass die Leute gar nichts denken. Seit ich das weiß, bin ich entspannt und ruhig." Miles spielt weiter, H. hört weiter zu: „Ruhig für Miles?" „Ruhig für Miles", bestätigt T., „Miles in Moabit." Die sechs Männer stehen da und lauschen der Musik; langsam vergeht die Zeit.

DANK

Viele Szenen dieses Buches habe ich von 2013 bis 2015 in der *ZEIT*-Beilage *Christ & Welt* veröffentlicht; für die vorliegende Ausgabe wurden sie überarbeitet und stark erweitert. Ich danke meinen Kolleginnen und Kollegen aus der *Christ & Welt*-Redaktion, insbesondere Christiane Florin, Raoul Löbbert und Andreas Öhler, für die immer inspirierende Zusammenarbeit. Ebenso danke ich dem Zeitverlag, der dieses Buch, besonders mit Blick auf die Überlassung der Rechte, großzügig und unbürokratisch unterstützte.

Sehr herzlich danke ich Britta Krause und Frank Bubenzer für das Daumenkino sowie Kordula Doerfler und meinem Verleger Andreas Rostek, beide aus Moabit, für ihre Hinweise zum Text.

Ohne Joachim Wehr und seinen Plattenladen *Vinyl Berlin* in der Oldenburger Straße wäre dieses Buch nie entstanden. Hier kamen und kommen die Männer aus Moabit zusammen; hier wurden seinerzeit meine Kolumnen aus *Christ & Welt* gelesen und besprochen. Das ging von „ganz schöner Unfug" über „genau so war es" oder „das habe ich nie gesagt!" bis zu „Mann, oh Mann", und Ro meinte: „Du bringst hier Sprache rein." Möglich war und ist all das nicht zuletzt durch Jo Wehr. Er mag die Menschen und die Musik, den Unsinn und das Palavern, kluge Gespräche und eine gute Partie Schach; er hat ein Herz für seine Gäste, die wachen wie die wirren, und vor allem für seine Familie. „Dies ist ein Plattenladen", sagte er neulich, „der Rest ist Liebe."

Humorvoll, selbstironisch, warmherzig, klug: Lange Jahre hindurch war Bernd Höhn, der *gute* Bernd, das Herz der Männer aus Moabit; er fehlt uns sehr. Außer ihm treten in diesem Buch auf: Adil, Andreas, Anke, Antonio, Bernd, Bert, Herr B., Carlo, Christoph, Dieter, Else, Florian, Frank, Georg, Günther, H., Hassan, Heftig, Heiro, Jo, Katja, Klaus, Konstantin, Lloyd, Lothar, Marcel, Maria, Mike, Nikita, Olaf, Paul, Peter, Philip, Piotr, Rainer, Ralf, Ro, Rolli, Silke, Stefan, Thorsten, Tom, V., X., Yvonne und viele andere, auch Unbekannte, die mir gezeigt haben, wie man so lebt in Moabit. Danke für alles!

ISBN 978-3-949262-35-7

für diese Ausgabe
© *edition*.fotoTAPETA, Berlin 2023

für Vorwort und Texte
© Hans Neubauer, Berlin 2023

für das Daumenkino
© Britta Krause und Frank Bubenzer

Umschlaggestaltung: Gisela Kirschberg, Berlin
    unter Verwendung eines Fotos von: © Britta Krause und Frank Bubenzer
Satz und Gestaltung: Gisela Kirschberg, Berlin

Druck: GGP Media GmbH, Pößneck
Gesetzt aus der Mignon und der Frutiger

Wir danken dem Zeitverlag für die freundliche Genehmigung, die Kolumnen
des Autors aus *Christ & Welt* für dieses Buch zu nutzen.

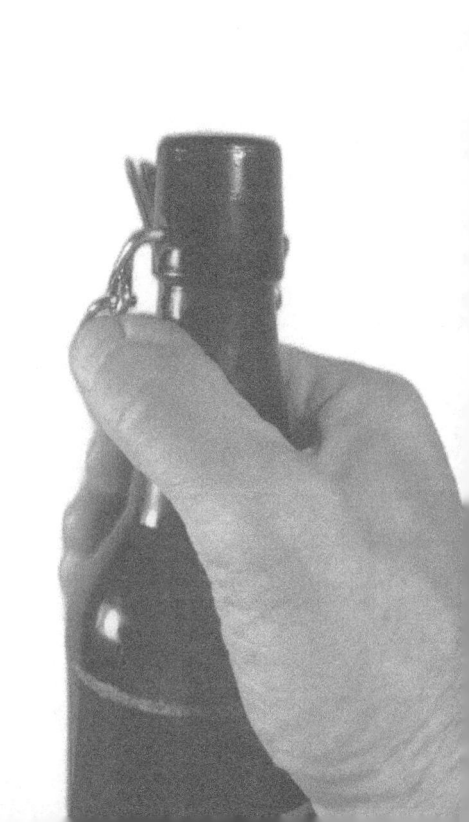